Nom d'un bourdon!
Quelle querelle!

Par Nikki Grimes
Illustrations : Darrell Baker
Illustration de la couverture : John Kurtz
Traduction et adaptation : Le Groupe Syntagme inc.

Les presses d'or

Imprimé au Canada. ISBN : 1-552251-23-3
Dépôt légal : 2ᵉ trimestre 1999.
Bibliothèque nationale du Québec.
Bibliothèque nationale du Canada.

Par un bel après-midi, Bourriquet transporte un bouquet de chardons jusque dans son coin sombre et triste. Il dépose les chardons par terre, en fait un beau petit tas, soupire, puis les rapporte là où il les a trouvés. Cela fait déjà dix fois qu'il fait la même chose. Pas le meilleur moyen de passer le temps, n'est-ce pas? Mais Bourriquet n'a rien de mieux à faire.

«Si seulement quelqu'un pouvait venir me voir, songe-t-il. Mais personne ne viendra. Personne ne vient jamais. Pourquoi en serait-il autrement?»

Soudain, Tigrou bondit devant lui. «Salut, Bourriquet! s'exclame-t-il.

– Ah, bonjour, Tigrou, répond Bourriquet. Quelle surprise! Personne ne vient jamais me voir. Mais je ne me plains pas. Tu viens bien me visiter, non? demande-t-il, plein d'espoir.

– Mais bien sûr! s'écrie Tigrou. Nous, les Tigrous, on est du type social, on aime bien rendre visite à nos amis. Je ne te dérange pas, j'espère? Tu ne faisais rien de particulier?

– Moi? demande Bourriquet. Pas vraiment. Je déplaçais ce bouquet de chardons. Aimerais-tu le faire avec moi?»

Tigrou regarde le bouquet de chardons en hochant la tête. «Mon vieux, soupire-t-il. Tu dois sortir un peu pour te désennuyer.»

Tigrou réfléchit en faisant les cent pas.

«J'ai trouvé! dit-il. Tu devrais faire des bonds. C'est vrai,
il n'y a rien de plus amusant. Je le sais, parce que les bonds,
c'est la spécialité des Tigrous!»

«Ouais, réplique Bourriquet, les Tigrous sont peut-être les champions des bonds, mais pas moi. Et puis, si je faisais des bonds comme toi, ma queue se détacherait. Ça m'arrive tout le temps, tu sais. Et qu'est-ce que je deviendrais?»

Tigrou continue de faire les cent pas en essayant de trouver une meilleure idée. Soudain, Coco Lapin arrive en sifflant, une pelle et une bêche toutes neuves à la main.

«Bonjour, Bourriquet, dit Coco Lapin.

– Salut, répond Bourriquet. Pas vraiment une belle journée, n'est-ce pas?

– Salut, Coco Lapin! s'exclame joyeusement Tigrou.

– C'est l'heure de tes bonds quotidiens, Tigrou? demande Coco Lapin.

– Eh oui! Je disais justement à mon vieil ami qu'il devrait en faire aussi; il a besoin de s'amuser.

– Il devrait jardiner, suggère Coco Lapin. C'est très relaxant, tu sais. Je le recommande à tout le monde.»

Bourriquet essaie de s'imaginer dans un jardin.
Une bêche à la main, il creuse des trous dans la terre pour
y planter des graines. Mais quel genre de graines?
«Ce jardin, demande Bourriquet, est-ce que ce serait
un potager?»

«Mais bien sûr, réplique Coco Lapin. Il n'y a pas de meilleur jardin que le potager.

– Oublions ça, soupire Bourriquet. Je n'aime pas beaucoup les légumes. Et même pas du tout. Merci quand même.»

«Je te comprends, mon vieux, s'exclame Tigrou. Le jardinage, quelle idée! Pas très amusant, tout ça.

– Quoi! s'écrie Coco Lapin. Il jette sa pelle sur le sol et plante sa bêche dans la terre. Dis-moi donc ce qu'il y a de si amusant à bondir stupidement comme tu le fais!»

«Est-ce que je peux dire ce que je…», demande Bourriquet.
Mais il ne peut finir sa phrase. Tigrou et Coco Lapin sont si
occupés à se quereller qu'ils l'ont complètement oublié.

«Pourquoi tout ce tapage? demande une toute petite voix. Porcinet vient de surprendre nos trois compères.
– Demandons à Porcinet, marmonne Coco Lapin.
– Quoi donc?» demande Porcinet, curieux.

«Bourriquet a besoin de se divertir, et nous essayons de lui trouver quelque chose d'amusant à faire. Comme jardiner, souligne Coco Lapin.

– Ou faire des bonds, ajoute Tigrou.

– Que devrait faire Bourriquet? demande Coco Lapin.

– Eh bien, c'est facile! répond Porcinet. Quand nous n'avons rien à faire, Winnie et moi, nous partons en exploration. Ça, c'est toujours amusant!»

«Une exploration? s'exclame Tigrou. Mais il va se perdre!

– Et puis, ajoute Coco Lapin, il est trop tard aujourd'hui pour commencer une exploration. Bourriquet n'aurait pas le temps de revenir chez lui avant la nuit.

– C'est vrai, approuve Tigrou. Mieux vaut faire des bonds!

– Non! Jardiner! s'écrie Coco Lapin.

– Faire des bonds! hurle à son tour Tigrou.

– C-ce n'était peut-être pas une bonne idée, après tout, marmonne Porcinet.»

Bourriquet retourne tristement à son bouquet de chardons. Il n'aime pas voir ses amis se quereller, surtout à cause de lui. «Je voudrais que tout le monde soit heureux», pense-t-il.

Voilà qu'arrive Winnie l'Ourson. «Une fête! s'écrie Winnie,
battant des mains. Est-ce que je suis invité?
– C-ce n'est pas une f-fête, Winnie, rétorque Porcinet.
C'est plutôt une qu-querelle.»

«Bourriquet a besoin de s'amuser, et Tigrou croit qu'il devrait faire des bonds. Coco Lapin pense plutôt qu'il devrait jardiner; moi, j'ai suggéré une exploration. C'est inutile, soupire Porcinet. On ne peut pas s'entendre.

– Oh là là, dit Winnie. C'est loin d'être une fête. Je me demande si Jean-Christophe aurait une idée.»

Malheureusement, Jean-Christophe n'est pas dans les parages. Et Coco Lapin, Tigrou et Porcinet continuent de se quereller tandis que Bourriquet déplace son bouquet de chardons pour la millième fois.

«Tout ce tapage m'a donné faim, dit Winnie. Mon bedon fait de drôles de sons. Bourriquet? Tu n'aurais pas caché un pot de miel quelque part, par hasard? Sinon, je vais être obligé de retourner chez moi pour voir si je ne peux pas trouver un petit quelque chose dans mon garde-manger.»

«Voilà! s'écrie Porcinet, tout excité. Un pique-nique!
Pourquoi ne pas aller pique-niquer, Bourriquet? Ce serait
vraiment amusant, non?»

«Hourra! s'exclame Winnie. Quelle merveilleuse idée!

– Oui! s'écrie Tigrou. Je vais bondir jusque là!

– Moi, je vais apporter des légumes frais de mon potager! ajoute Coco Lapin.

– Je vais courir à la maison et rapporter un pot de miel comme dessert! ajoute à son tour Winnie.

– Eh bien, Bourriquet, dit Porcinet, qu'en penses-tu?

– Ce n'est pas une mauvaise idée, admet Bourriquet. En tout cas, c'est mieux que de se quereller.»

Plus tard, nos amis pique-niquent tous ensemble. Tout le monde semble heureux, sauf Porcinet. Il voudrait partir en exploration, mais il va bientôt faire nuit.

«Vous savez, dit Bourriquet. Je crois qu'on devrait faire une petite exploration après le pique-nique. Avec Porcinet et Winnie comme guides, on ne risque pas de se perdre.

– Bonne idée!» s'exclame Porcinet, souriant.

Et même Bourriquet, en regardant son cercle d'amis tout joyeux, ne peut s'empêcher de sourire!